산채비빔밥과 몽키바나나

시와소금 시인선 · 150

산채비빔밥과 몽키바나나

최수진 시집

시와소금

▌ 최수진

- 1988년도 강원 춘천 출생.
- 한림대학교 행정학과 졸업.
- 2021년 《시와소금》 신인상 등단.
- 시집으로 『산채비빔밥과 몽키바나나』가 있음.
- 이메일 : wls11010@naver.com

첫 시집을 낳습니다
제게도 어엿한 시집이 생겨
독자분들과 만날 수 있다는 사실에
너무나도 기쁜 마음입니다

이 한 권의 시집을 엮기 위해
밤새 끙끙 앓기도 하고
더운 바람, 때로는 추운 바람과
사투를 벌이기도 했습니다

처음이란 그런 걸까요?
자꾸 모자란 마음이 고개를 듭니다
'왜 좋은 생각을 좀 더 담지 못했을까?'
아쉬움이 드는 게 사실입니다
그러나 다음 페이지를 기약하면서
제 시들을 세상에 내놓습니다

모쪼록 제 작품들로
독자분들의 시간이 즐거웠으면 합니다

2022년 말랑한 가을, 최수진

| 차례 |

| 시인의 말 |

제1부 고래

제2부 이데아

제3부 꽃무덤

제4부 등의 비애

봄동

안과 밖을 뒤집으면 다시 안과 밖인데
겨울과 봄을 뒤집으면 왜 겨울과 봄이 아니 오는 걸까?

혼

와르르 끓다 식어버린 칼바람
녹녹한 베갯잇을 끌어안아
말도 마,
겨우내 눈물이 나 혼이 났다니깐

수학책에 적힌 해설서처럼
오가는 계절과 흥정이 붙어
말도 마,
겨우내 셈하느라 혼이 났다니깐

연홍빛 꽃물 한 사발 들이키면
상큼한 봄씨앗이 톡톡 터져
말도 마,
겨우내 목이 말라 혼이 났다니깐

처음이라는 것

사랑해
달콤했던 너의 첫 고백
늦은 밤 우리와 함께 한 파도는
입맞춤과 동시에 저 멀리 밀려났었지

첫사랑이야
수줍던 나의 첫 자백
그날 이후 우리가 함께 만든 추억들은
첫사랑은 이루어지지 않는다는 말을 뒤집어놨지

당신이라서 기뻐
남몰래 하는 나의 첫 독백
퉁명스럽게 대꾸해도 늘 손을 꼭 잡아주는 그대
봄을 좇는 나비는 오늘도 팔랑거려 나를 달뜨게 해

고마워, 당신
처음이란 걸 알게 해 줘서

낙화

꽃비가 살포시 내려앉는다
어깨는 젖지 않는데
눈가가 폭 젖었다

이 비는 알고 있다
머물다 스러지는 때를
괜스레 계절과 대거리하지 않는다

연약한 건 본디 사람의 마음
그 고운 심성에 파동을 치듯이
경적을 울리며 작별을 고한다

꽃내음 그득하게 취하면
날개를 깝죽대던 새 한 마리
어느새 고독을 물고 사라진다

인사동 데이트

꽃당혜를 신고 댕기 머리를 길게 늘인 소녀가 아이스 아메리카노를 홀짝거린다

열 손톱에 뜬 반달이 연분홍 꽃물 사이로 숨은 가운데

크리스털 잔에 든 사각 수정들이 이때다 싶어 빙그르르 맴을 돈다

갈지자춤을 추는 종이 빨대의 허리 아래선 물길을 따라 암갈색 시류가 휘돌아나간다

울돌목의 작은 태풍이 붉은 입술 안에 내려앉는다

철 지난 유행가를 흥얼거리는 네 입가에선 반가사유상처럼 알 듯 말 듯한 미소가 그려진다

청홍색 연등이 걸린 이 밤거리에 어서 불을 밝혀두자

바람에 실려 말없이 떠나가는 우리의 청춘을 이 까만 렌즈에 가득 담아두자

브이자 포즈를 취하는 소녀의 치맛자락이 살짝 말려올라간다

봄 내음이 기지개 켜며 처마 밑 아까시 나무에서 스리슬쩍 내려온다

우주 속으로

아기는 진자리가 못마땅해 칭얼대기 시작하는데
어미는 별나라로의 여행에 한창인 모양이다

페가수스자리를 지나가는 길목 언저리에선 도로 공사가 한창
이라
물고기자리로 돌아서 항해하는 이 우주선에는 너와 나, 오직
둘뿐
응응 아가야, 무얼 줄까?
어르고 달래는 어미의 손짓은 짐짓 고요한 호수 속에 있지만
그녀의 눈동자는 어지러운 모니터에서 벗어나지 못한다

바삐 지나가는 유리창 밖의 황홀한 풍경들
큰길가의 산부인과에선 해산을 축하하는 기쁨의 플래카드가
내걸리고
작은 길모퉁이의 장례식장에선 소멸을 애도하는 근조 리본이
매달린다
오색빛깔의 불꽃으로 우주 공간을 수놓는 저 별들의 찬란한

인생은
　시간 여행자들의 마음을 한껏 달뜨게 만든다

　보드라운 엉덩이가 보송한 기저귀 안에서 숨바꼭질하면
　새근새근 잠자는 아기의 두 볼이 잔뜩 부풀다가 오므라진다
　어미는 그런 작은 사슴의 여린 등을 토닥여주며 나지막이 자
장가를 읊조린다
　옅은 숨소리가 개울가에 놓인 돌다리를 건너듯 은하수로 빠
르게 빠져든다

　우주선이 운율을 타며 우주 공간을 부드럽게 유영한다
　너와 나, 오직 둘뿐인

엄마의 유산

친정집 부엌에는 남다른 엄마의 유산이 있어요

오래도록 묵혀도 비릿하지 않은 엄마만의 인생이 녹아 있죠

찌그러진 집기와 빛바랜 수저는 수십 년의 세월에 반질반질 광이 나고

팔팔 끓는 물에 들어간 갖은 고기와 채소는 매번 신선하고 정 갈해요

두부를 낳은 가마솥에는 연실 무럭무럭 김이 솟아요

분만실에서의 산고가 이토록 뜨거울쏘냐, 냉큼 휘휘 저어요

갓 지은 밥 한술에 계절 반찬 몇 가지면 "잘 먹었습니다"가 절로 나오니

엄마의 주름진 이마가 펴지고 뺨 언저리가 봄꽃 처녀같이 발그레 물이 들죠

네 나이만 했을 땐 오로지 일뿐이 몰랐다

여행이 다 무어냐? 일해서 먹고살았지

오늘도 엄마는 콩을 곱게 갈아 체에 거르며 말을 이어요

나물을 데치고 고기를 다지는 엄마의 손길이 예나 지금이나
부드럽네요

가게를 찾아오는 수많은 손은 엄마의 자존심이에요
나는 그런 엄마의 유산들을 그들에게 보여주고 또 자랑삼아
말하죠
그것은 세상 무엇과도 바꿀 수 없는 아주 값진 보물이라고

아기별

전나무 숲길 오래된 우물 하나
입안 가득 별들을 베어 물었네

수정에 비친 그대들 가운데 작고 여린 이 하나
지상으로의 여행을 위해 낙하산을 펄럭이며 떨어졌다네

오뚝한 다섯 개의 발에 맞는 양말을 신겨야지
아니지, 가운데 솟은 동글한 머리 위엔 빠알-간 모자를 씌울
거야
달려오는 저 모습은 어떻고? 마치 부끄럼을 타는 듯
머뭇거리는구나

그러다 담장을 훅 뛰어 넘어와
잔잔한 수면 위에 안전하게 착지를 했다네
우물 안에는 달짝지근한 풋내가 은은하게 번져나갔다네

그렇게 우리의 인연이 시작되었다네

부화

노란 지붕 아래
세 가족
서로 부대끼며
체온을 보시(普施)한다

갓 움튼 날개 안에
둥근 부리들 파묻고
열렬히 생(生)을 쪼아 먹는다

올망졸망 까만 눈망울이
가끔 눈이 부실 때는
어린 불자들
강건한 다리 뻗어
기름진 세상 한번 시원하게 걷어차본다

이방인들의 나라

세월을 매어 신고 나이를 눌러쓴 채 길을 나서는 사람들
들개처럼 맹렬히 질주하던 심장도 가끔은 전사(戰死)했다
엇갈린 교차로에 마주하기 위해 저 길모퉁이에서 출연할 때
우리는 서로에게 피치 못할 이방인이 되곤 했다

아픈 구둣발 여러 갈래와 소리도 없이 웃다 터져버린 솔기들
분초로 흘려버린 외로운 자아 앞에서 우린 어떤 모습이었나
물과 기름처럼 혼합되지 못한 이방인들이 역 자아를 탐색
했다

한 이불에서 나고 자라야만 유대가 생기나
눈코입 달렸는데 인종이 달라 국민이 아닌걸까
나는 여러 가지 언어로 배설을 하다 그만
이방인들 속에서 지독히도 안전하게 자위를 했다

황홀경이 끝난 뒤 모두가 자리를 지키지 못했다
제 잇속을 챙기기 위한 아름다운 여정을 계속하는지 모를 일

이다

　기 싸움이란 어느 나라의 말로 통역이 되는지

　나 역시 어딘가의 이방인이며 누군가의 이방인인가

크로키

실눈을 뜨고 구도를 잡는다
흑심은 빠르게 바람을 가르며
정확하게 과녁으로 내리꽂는다
돌기가 고루한 파피루스 따위를 긁는다

분초를 썰어버린 비수는 격렬히 춤을 춘다
급한 둔덕을 넘어 뜨거운 태양 밑까지
황금빛 덩어리는 까만 연기 속의 부유물
나는 격동의 순간을 음미하고 있다

생동하는 것은 어느 시대의 유물일런가
토굴에서 갓 꺼낸 신선한 자연에 경배하며
버선발이 닳도록 보고 또 꺼내어 보리라
다시 오지 않을 이 영화(英華)를 위하여

역류

— 미얀마 사태를 바라보며

오장육부가 뒤집혀 하늘을 보고 섰다
입안 가득 한 움큼씩 약을 털어보지만
하등의 쓸모가 없다
사회가 뒤집혔다

펜이 강한 시절에 태어나 좋은 인생인 줄 알던
허약한 최 진사 나부랭이는 어떤 것도 몰랐다
지난한 계절을 막지 못해 폐에 헛바람이 들었다

마음의 보약이란 어떤 것인가
피폐한 무기일랑 던져버리고 끈끈한 연대로 뭉치면
뒤집힌 기관들이 제 역할을 다하지 않을는지
글피에도 피바람이 불어닥칠 텐가
나는 숨죽여 울었다

살아남은 자와 그렇지 못한 자를
심판하는 잣대는 무엇이며 우린 무엇으로 사는가
역류한 이성이 성난 코끼리들을 향해 돌진했다
다시 찾을 자유를 위하여

도굴

검은 복면을 쓰고 밧줄을 꽉 동여맨 손으로
먹이를 노린 살쾡이처럼 살그머니 다가가
상념에 젖은 이의 머릿속을 훔치려고 했다

두 진주알을 굴리며 새초롬히 빛나는 눈빛
입을 열면 송어처럼 풀쩍 튀어나오는 언어
세상의 소음을 말끔히 집어내는 나긋한 필체
그대의 살아 숨 쉬는 모든 것을 전부 파내고 싶었다

허나 그대의 입김은 너무 뜨거운 것이어서
나의 도구들이 녹아 내리고 끊어지기 일쑤였고
당신께로 통하는 여권조차 없어 그 생각 앞에 발이 묶여 버
렸다

출입통제를 아쉬워하며 그에게서 등을 돌리려던 찰나
근심을 이기지 못해 벌어진 뇌리 사이로 슬픔의 정수가 뚝뚝
묻어났다

이 얼마나 아름다운 광경인가!

나는 급한 대로 입을 벌려 우수에 잠긴 그것을 달콤하게 빨아
들였다
메말라 늙은 호박처럼 쩍 갈라진 동굴 안으로 별가루가 반짝
이며 흩뿌려졌다
그대에게 한껏 취해 달아오른 나는 인사불성이 된 나머지
감히 뒷정리마저도 못한 채 급히 사건 현장을 떠나고 말았다

그이의 검은 상자 속에 내 이름 석 자를 흐릿하게 각인하고서

가마귀*

참 별난 일이다

어쩐 일인지 사람들은 나를 보면 휘휘 손사래를 쳤다

그 까만 눈동자들을 함지박 안의 구슬처럼 데굴데굴 굴리면서 말이다

만 리길 산속 정자에서 도를 닦다가 이 도시로 이주한 지도 삼 개월

갓 집은 신선헌 두디지쥐를 베개 삼고 도시의 불빛을 비단이불 삼아

낮에는 과수원에서 밤에는 주택가에서 고군분투하며 최고의 시민으로 살아왔는데

참으로 별난 일이다

정착금이 얼마나 되고 같은 동에 몇 세대가 사는지 알려주는 이 하나 없다

이 봐, 나는 천둥과 막역한 사이고 구름과도 사촌지간이네

나는 틈만 나면 대추나무 등걸에 앉아 나의 세계를 공유하고 싶었지만

그들과 친근히 우정을 쌓으려던 부푼 꿈은 금세 조각나 버

렸다

시끄럽다며 나를 멀리 내쫓아버렸기 때문이다

까악까악

울부짖지만 어째 눈물 한 방울 나지 않았다

* 가마귀 : 까마귀를 예스럽게 이르는 말

고래

작은 부둣가
배냇머리가 출항하고 있다

밀물보다 썰물의 편차가 큰 이 마을에서 태어나
말 구유에서 먹고 자란 그는
평생 뱃사람이 되겠다며 짐을 하역하는 일을 도맡아 했다
그런 그에게 뜻밖의 행운이 찾아온 것이다

처음 몇 날은 순풍이었다
가져온 식량을 다 소비하고도 배가 고파진 그는
저 멀리 감지한 고래의 꼬리를 향해 금빛 사냥을 서두르기 시
작했다
검푸른 내부 깊은 곳으로부터 공중으로 상승하는 범고래들
그는 신의 영역에 서서히 침투하고자 했다
아프로디테를 호위하는 용맹한 무사들을 제치고 나니
그녀의 검고 매끈한 살결이 뜨거운 햇살 아래 오롯하게 드러
났다

그녀를 알고부터는 시간이 역방향으로 되돌아갔다

비를 뿌리며 바람은 매섭게 외딴 섬 위로 돌진해왔다

거세게 불어닥친 시련에 눈이 따가웠지만, 그는 그녀를 포기할 수 없었다

가녀린 지느러미와 꼬리만이라도 얻기 위해 열정적으로 갈구했다

그때였다

그는 그녀에게 젖먹이 아이가 있었음을 깨닫는다

아기는 어미 곁에서 거친 수면 위를 잠재우듯 부드럽게 유영하고 있었고

그는 처녀성을 범하려다 쓸모없어진 무기를 내동댕이칠 수밖에 없었다

짭조름한 바다 내음이 꼭 어머니의 향기인 것만 같아

선미는 파도에 리듬을 타며 울렁거리고 있었다

건축학개론

시인은 혹독한 훈련을 거쳐야만 비로소 견고한 집 한 채를 지을 수 있다

시인의 생각이란 매우 뾰족하고 날이 서 있어 다수를 베어낼 수가 있기에

험한 하부로 한없이 내려가 거칠고 투박한 생각의 입자를 갈아내어야 한다

평소의 생각을 곱게 다졌다면 단단하고 든든한 주춧돌을 놓을 차례가 된다

당위적인 논리들을 한데 뭉치고 얽어 판판하고 너른 자리에 거뜬히 올려놓는다

묵직함 그 위에 일정한 높이의 추진력을 올려서 내부의 기틀을 짜내고 나면

저 견고한 격자무늬 벽을 만들기 위해 치열하게 고민한 흔적들이 서려 있다

단출한 것은 오로지 완성을 염원하는 집념일 뿐, 화려한 수사(修辭)에는 무심하다

상부에 적절한 시어를 얹고 나서야 시인은 안도의 숨을 내쉴

수 있는 것이다

　값비싼 매물이 되기 위해서라도 저절로 써지는 시는 없기에
시인은 열매를 맺기 위해

　몇 시간이고 뼈를 갈아 넣었을 고된 노동 끝에야 내 집 마련
을 할 수 있는 것이다

나는 아틀란티스를 꿈꾼다

나는 아틀란티스를 꿈꾼다
활시위를 떠난 나의 작은 영혼이
어렴풋이 닿는 곳, 미지의 세계

부드러운 선율이 있고
아름다운 몸짓이 있고
부대끼는 살결이 있는 곳

헤엄쳐 가자
월계수와 만다라가 만발한
천상의 대륙으로!

뼈를 깎는 고통이 없고
누구 하나 슬픈 이가 없고
무자비가 없는 곳

죽어도 기쁜 우리,
나는 아틀란티스를 꿈꾼다

제 **2** 부
이데아

시맥경화증

요 며칠 시가 수상하여 한의원에 가서 맥을 짚고 침을 맞았다

이 동네에서 알아주는 맥 잘 짚는 명의가 이 고약한 병은 시맥경화라는 증상이라고 했다

그게 뭐지요? 내 물음에 명의가 대답했다

식물에 잎맥이 있듯이 시에도 맥이 있지요

시맥에 기름이 껴 단단히 굳게 되면 그게 시맥경화가 되죠

시를 위해 운동은 안 하셨나 봅니다

명의는 껄껄 웃으며 내게 처방전 한 장을 내밀었다

그 안에는 군더더기 없는 시를 방해하는 부종과 독소 제거의 비밀이 들어 있었다

명의의 장침으로 머릿속을 솎아내고 나니 기분이 한결 나아졌다

정말 그랬다, 나의 시는 벽이 두꺼워지고 굳어져서 탄성을 잃은 지 오래다

시를 향한 나의 애절함도 다소 혼탁해져 캐러멜처럼 끈적거리며 엉겨 붙었다

시에도 노화가 일찍 들었는지 모를 일이다

나는 오래도록 고개를 갸웃했다

운율 안에 산다는 것

누군가 내게 어떤 집에 사냐고 물어온다면
나는 시 속에서 삽니다 하겠습니다
그러는 누군가가 또한 그것이 얼마냐고 물어온다면
나는 비록 시인이나 그 값을 매기진 못하겠습니다 하겠습니다

시 속에서 나는 숨을 쉽니다
시 속에서 나는 먹이도 부르지 않는 배를 움켜쥡니다
시 속에서 나는 눈물을 찾습니다
그리고 시 속에서 나는 어떤 이를 부릅니다, 그것은
내게 많은 영감을 주는 또 하나의 거울과도 같습니다

시류라고 하는 것을 구태여 구분짓지 않겠습니다
시류는 저마다의 뜨거운 생각이며
그들의 합은 마치 휘몰아치는 강렬한 태풍과도 같습니다
그 합 속에서 나는 운율을 타고 있습니다
운율, 그 리듬은 원석을 섬세하게 세공하는 것과 같습니다
지금 나는 운율 안에서 뜨거운 생각을 조각하려 합니다

그리하여 나는 시 속에서 한평생 살다가겠습니다

문득

이거 참, 초면에 실례합니다
딸랑- 경쾌한 종소리가 나더니
개점 시간에 맞춰서 시가 나타났다
나를 향해 제 발로 성큼성큼 걸어온 것이다

모난 구두에 괜스레 광을 내본다
전통적인 격자무늬가 그려진 양복 깃에 빳빳하게 풀을 먹인다
곱슬머리에 기름을 발라 있는 힘껏 세운다
너를 만나러 갈 때의 내 모습은 초조하고 때론 거만해지기도
한다

아아, 잘 오셨어요
물 한 잔을 재빨리 들이켜며 마른 목을 축인다
역시 듣던 대로 그는 정갈한 차림이었다, 다만
지난밤 어느 지하실에서 묵었던지
신선한 사과의 향기라기보단 고릿한 생선 비린내가 난다
푹푹 찌는 날씨에 시장통에서 나는 무슨 생각으로
그 꼬리를 집어들었나

보조개가 정말 곱군요

화난 소년이 문을 박차고 집을 뛰쳐나오는 듯이 땀이 난다

고물 텔레비전의 끊긴 화면처럼 눈앞이 흐릿하다

아름다운 네가 앞에 있는데

나는 자꾸만 뒤로 밀려난다

이것 좀 드세요

먹음직스러운 스테이크를 반듯하게 썰어 그의 앞에 밀어놓
는다

앙다문 입술에 오랜 세월만큼이나 주름이 져 있다

예나 지금이나 그는 늘 변함이 없다

멀찌감치 달아나는 봄의 꽁무니를 뒤쫓아가는 겨울 대장처럼

나는 넓게 닦인 고속도로를 쌩쌩 달리고 있다

우리는 구면이에요

아시죠? 이년 전에 당신을 만났어요

창가에 내비치는 햇살에 문득 마음이 아이스크림처럼 녹아내
린다

지킬과 하이드

낙하산에 매달린 달걀이
달궈진 팬 위로 내려앉는다
약간의 흐트러짐도 없이

이윽고 날것의 세상이 분출한다
분화구에선 노란 용암이 들끓어 오르고
새하얀 화산재가 도시의 불빛을 송두리째 집어삼킨다

달걀 프라이는
전쟁의 서막이다

요새 위의 노루들이
까맣게 타들어 가는 제 손바닥을 뒤집으며
서로를 조롱한다
접시에 담긴 마른 안줏거리
메인 요리는 갓 구운 토스트, 그 사이에 끼워 넣은 달걀 프라이

여러 종류의 다트로 어질러진 테이블 위엔

혼합되지 않은 보리와 홉이 큰 유리잔에 담겨 있다

선술집에서 마주한 지킬과 하이드처럼

무제
— 지역갈등 타파를 위해

너와 나 사이엔 창이 하나 있어

티끌 없이 맑고 투명한 창
여간 단단해서 부서지지 않는 창

네게로 닿고 싶지만
그것은 위아래로 점점 뻗어 나가
우린 만나면서도 또 만나지 않은 게 돼

해는 너에게서 뜨고 나를 향해 저무니
빛나는 그 눈동자로 이 방을 밝혀 주렴
나는 네 창가에 다가가서 토닥여줄게

왠일인지 오늘은 네가 좀 지친 것 같아
이 밤을 밝히던 너의 가로등이 흐릿해 보여
걱정돼, 이 말을 뱉고 또 뱉어보지만
차가운 벽은 내 울음을 반사시키느라 분주했어

눈물에 말라버린 하루를 지내고 나니
석고판에 꾹꾹 눌러 쓴 너의 글씨를 발견했지 뭐야
바보, 쪼다, 병신아!

친구야, 그래도 나는 네가 좋아
티끌 모아 태산이라는데
이 창이 부서지도록
새까만 이야기를 나누어보자

두 눈 이야기

둥근 지구본 위에
두 대륙이 그려져 있어

짙고 풍성한 속눈썹과
깊고 그윽한 눈동자
그 홍채는 마치
한쪽은 루비처럼 붉었고
반대쪽은 사파이어처럼 푸르렀지

코쟁이들은
반짝이며 빛나는 우리들을 우러러 보았지
수다쟁이들은
늘 우리의 이야기를 떠들어대느라
정신이 없었지

그러나 우리 사이에는
말 못할 비밀이 있어

우리는 앞에 보이는 대로만 생각하고 행동해
정작 가까이 있는 서로를 지나치기 일쑤지
너와 나 사이엔 감정의 히말라야가 우뚝 솟아있기 때문일까?
그곳은 너무 험준해서 쉽사리 오를 수 없거든

그래도 우리는 양쪽 귀의 전령들을 믿어
다른 나라의 들숨 날숨소리를 듣고
그들의 호흡법을 익히면서 우리는 서로를 알아가고 있어
그래야 너의 루비가 태양만큼 뜨겁고
나의 사파이어가 대양만큼 차가운지를 알 수 있거든

영원에 대하여
― 파우스트에게 바치는 헌시

불꽃은 아지랑이처럼 일렁거리며
내 기름진 몸뚱어리를 야금야금 태우기 시작했다
오욕과 영광이 교차하는 지점에 정확히 뿌리내려
이 구구절절한 서사시를 아름답게 집어삼켰다
나는 가쁜 숨을 고르느라 야단이었으나
메시아께서 단호히 말하길
너는 소멸할지어다!
문드러진 가슴에 당신의 거룩한 표식을 달고
나는 비극을 향하여 거세게 달음박질쳤다

언덕 너머로 찬란한 세계가 열리자
눈이 멀고 귀가 아득해졌다
황금 초목을 뜯는 저 어린 짐승마저도
자아를 잃어버려 투명한 재로 남았다
영원을 꿈꾸는 자, 나는
오롯이 당신께 바쳐질 제물이 되어
절대자의 합당한 처분만을 기다리고 있었다

티끌 한 점에서부터 타다 만 육신이 되기까지
한끝 생애가 이 얼마나 고단하였던가
허나 사시사철 푸르던 나의 시대 정신은
강렬한 자태를 뽐으며 추상같이 변치 않았다
생각지 않는 미물은 곧 도태될지니!
파랑에 떠밀려온 그의 메시지에 나는 경련했다
곧 탄생을 앞둔 비너스와 같이 숨이 벅찼다

영원이란 당신의 세계로 회귀하는 것
현생에 남겨진 시대 정신만은 온전히 빛날 것이었다
저 위대한 자연이야 생장과 소멸을 반복한다지만
분출하는 내 가슴 속 뜨거운 낙서는 그칠 줄을 모르고
비로소 나를 완성하게 하는 것이었다

장마

둘둘 말린 사진첩이 굴러가면서
길고 긴 역사가 펼쳐지고 있어요

먼지가 훌훌 날리는 카펫 위로 번져나간 태양의 흑심
그렇게 애를 태웠던 지난 계절이 참 우스워져요

상추의 녹음은 어쩌다가 푸르른 지경이 되었고
도랑 위에서는 달팽이가 저리 배회를 할까요?
칠월의 한낮은 성난 고릴라처럼 맹렬하기만 한데 말이죠

삐뚤빼뚤 적어나간 추억들이 둑 터지듯 쏟아져 내리면
과거로 꺾어 돌아가는 길모퉁이 어느 전신주의 양팔에는
뜻 모를 울음만 이과수 폭포처럼 잔뜩 걸려있네요

자칫 우물쭈물하다가는 외로움이 기생하려 들 거예요
머잖아 빗물에 머물던 그자가 푸른 스프레이를 잔뜩 뿌릴
테니까

흰 무명천에 마른 나뭇가지를 고이 싸서 어서 오세요
이 사랑채에선 성숙한 생각들이 여울져 흐르고 있답니다

걸음을 멈춘 달팽이가 당신께 묻는군요
잡초의 머리채를 송두리째 뽑아버린 이 먹구름이 지난 후에
정든 실개천을 이대로 떠나가야 하냐고요
나는 미소를 지으며 당신께만 조용히 속삭이고 싶어요
뜰에는 상추꽃이 소담스럽게 피었답니다
그들의 여름은 지금부터가 아니겠어요?

봉선화 꽃물 들일 때

옆집 아이와 싸워 이긴 날
개선장군처럼 우쭐우쭐 대문으로 들어섰어요
계절은 타오르는 저 사바나의 대지 같아서
댓돌 위 볕 드는 채반엔 입술들이 데어버렸지요

어머니는 이파리 한 쌈과 꽃잎들을 공이로 놀렸어요
멍이 든 듯 피렇고 코피가 난 듯 발개요
앙증맞은 인생이 나무 주둥이 위에 속속 녹아들었어요

어쩐 일인지 어머니는 화내지 않았어요
대신 명주실과 비닐종이를 내밀며 조근조근 말했어요
내일은 꽃물이 예쁘게 들 거야, 일찍 자렴
그리곤 켜켜이 쌓인 봉선화 뭉치를 단단하게 매었어요

꿈속에서 나는 우주 비행사가 되어 있었죠
우주를 유영하고 있는 틈에 그 아이가 날아들었고요
우리는 서먹하게 웃다가 어깨동무를 했어요

봉당 가운데서 아기자기하게 피어난 봉선화 떨기들처럼요

동이 틀 무렵 나는 잠에서 깨었어요
봉긋이 솟은 열 개의 손톱엔 다홍 꽃물이 들었고
별들이 흩뿌려진 우주에 온 것 같이 몸이 붕 떠올랐죠
물이 참 잘 들었구나
옆에 있던 할머니도 한마디 거들었어요

봉선화 꽃물 들일 때
그해 여름은 참 즐거웠지요

소등

나른한 풀밭에서
고추잠자리의 한쪽 날개를 뜯으며
해맑게 웃는 아이

정오의 피크닉

빵바구니를 한아름 짊어진 무당벌레 군단이
팬지꽃이 오종종히 모인 화단에서
붉은 와인을 즐긴다
머리가 그들의 위장을 밟고 지나가며
저멀리 사라져간다

그러나 각인된 기억은 어쩐 일인지 더욱 선명하다
축음기 안에서 빙글빙글 돌아가는 레코드판처럼

영원으로 흐르는 시간을 붙잡아 맨 여섯 개의 다리
아이는 더 이상 요정들을 뒤따르지 않는다

잠자리채만이 낮잠을 달게 자고 있다

비눗방울을 불던 아빠가
조용히 불을 끈다

장미를 파괴하다

이른 아침
이슬 한가득 머금은
장미꽃을 꺾어
잘근잘근 해체했다

장미는
장미일 때
아름다운 법

파괴된 것은
아름다움만은 아니었다
장미의 풍성한 향기
장미의 보드라운 살갗
장미 본연의 내면세계가 탈각되었다

꽃잎과 꽃받침
줄기와 이파리

그리고 뿌리들까지

전체로부터 부분을 쪼개면 쪼갤수록

나는 자책하며 괴로워했다

붉은 강에 배를 띄운

어린 사공이여

밤낮없이 부지런히 노를 저어라

장미, 숨겨진 그 심장 속으로 어서 가자!

다시 피어날 장미를 고대하며

양파의 건강검진

시침과 분침이 동분서주하는 어느 실험실
창틈으로 말랑말랑한 에어컨 바람이 들락날락 오갔다

샬레에 모로 누운 양파를 관찰하는 연구원
자색 세포는 긴장한 듯 미동조차 없고
핀셋을 집어 든 김 박사가 그 날갯죽지를 빠르게 들춰냈다
맥박이 경쾌하게 흐르는 가운데 흥이 난 그녀가 가볍게 리듬
을 탔다

방금 떼어 낸 조직을 비커 속 용액에 담고 심도 있는 검사를
진행했다
잘 배양된 그것은 뒤집힌 유리 천장 아래에서 진실과 만나며
오직 둘만의 반응 속도에 따라 진보값과 보수값을 측정해낼
수 있다

김 박사는 사십 평생을 오직 양파 연구에만 매달려 온 사람
이다

특히 날로 뒤바뀌는 그 성향을 잘 파악하기 위해서는

뜨거운 양파의 심장부를 별도로 관측해보아야만 했다

그러나 그것은 여러 겹의 단단한 암벽으로 둘러싸여 있어서
접근이 쉽지 않다

시퍼렇게 날선 칼날이 풍만한 엉덩이를 조심스럽게 베어내자

그 심장부가 수탉이 푸드덕 홰를 치듯 야단법석으로 뛰고
있다

그녀가 재빨리 청진기를 들고 태아의 숨소리를 듣는다

수면 마취로 육체가 고요히 잠든 순간에야 비로소 그 본질은
깨어날 수 있다

위정자는 양파의 꺼풀이 아닌 심장 같아야 함을 근거로 제시
하면서

김 박사는 자신의 논문을 훌륭하게 끝맺었다

변비

비 내리는 어느 날 저녁에 그는 호텔 프런트에 있었다

유리창엔 녹녹해진 습기가 아늑한 밤을 지내려 들어앉아 있
었고
로비에선 마음이 편안해지는 올드팝이 계속해서 흘러나왔다
바닥에 깔린 초록빛 융단에 수놓은 기하학적 무늬들이 꽤나
단정해 보였다

그는 호텔리어가 묻는 말에 차근히 인적 사항을 말했다
김○○, 88년 9월 23일, 주소는 춘천시 △△동—
몇 박을 하실 거냐는 질문에 그는 머뭇거리다가 일주일을 원
한다고 했다
곧바로 객실이 배정되었고 그녀가 프런트 위에 열쇠를 올려놓
았다
으레 겪는 형식적인 절차가 이렇게 끝이 났다

계단을 타는 그의 발걸음이 왜인지 모르게 축 늘어져 있다

몇 층인지도 가늠할 수 없는 인생의 굴곡에서 그는 잠시 방황하는 듯했다

앞서가는 잿빛 양복을 뒤서거니 따라가는 구두 뒤축은 영 닳아가고만 있었고

양탄자에 옅게 드리운 그림자가 어려움을 모르는 듯 운율을 타고 있었다

808호, 객실 문 앞에 도착한 그가 열쇠 구멍에 열쇠를 꽂기 전 생각에 잠겼다

검은 숲 안에 자리한 사랑의 정표를 얻고야 말았을 때의 그 희열을

열쇠를 돌리자 천천히 문이 열리는데

저 멀리 단정한 흰 침대 시트가 보일락말락 하다가 이내 곧 문이 다시 닫혔다

마치 못 볼 것을 보았다는 듯이

사이코

바람이 싸리문을 쥐고 마구 흔들어대는 통에
나는 그들처럼 사납게 달려들었다

살기 위해
살아남기 위해
나는 맹렬히 짖어대었다

1평 남짓한 이 오두막 밖은 그야말로 정글이었다
나는 늘 매여 있는 신세였지만
저 어둠을 너무나도 잘 이해하고 있을 정도로 어리숙하지 않
았다

가끔은 날것이 궁금해졌다
그럴 때면 영양가 풍부한 살코기를 그럴듯하게 흙 속에 파묻
었다가
야생의 향기가 붙기 시작할 때쯤 꺼내어 먹곤 했다
주인놈의 애정이 식상해질 즈음에는

삵이 채가기 전에 갓 부화한 햇병아리들을 가지고 놀기도
했다

　오늘 새벽에도 어김없이 바람이 몰려왔다
　찔레나무 옆 양철 대문은 고요하기만 한 가운데
　그들은 여러 차례 우우웅 소리를 내며 나를 겁주려 하였다
　아니, 그것은 정글로 안내하는 어떤 환영 인사와도 같은 것이
었다

　들춰진 개구멍 사이로 그들의 허연 이빨이 드러나자
　나는 앞다리를 꽉 물려고 덤비다가 돌연 꼬리를 내려 버렸다

　순간 비굴해졌다

이데아

인적이 뜸한 동굴 저편에서 무언의 인기척이 들리는 것은
먼저 와서 기다리고 있는 어떤 무자비한 논객이었을지
붉은 해당화를 피워내는 바람결에도 나는 눈시울이 붉어지곤
했다

좁디좁은 틈을 타고 가파른 절벽을 기어올라 간신히 당도한
이 은신처에
따뜻하고 몰캉한 나의 두 눈과 귀를 고스란히 묻어놓을 수만
있다면
차디차고 축축한 논객, 그자의 언어를 십분 헤아려볼 수가 있
을 텐데

열려라, 메마른 심장이여!
나는 목놓아 울며 외쳤다
사방이 막혀 이렇다 할 문조차 없는 그 속을 헤집고 들어가
나는 밀려오는 바닷물에 네가 도려낸 검푸른 살점을 오래도
록 씻겨 주었다

냉기가 채 가시기도 전, 적잖이 두방망이질 치는 내 가슴은
　저 멀리 경적을 울리는 어느 이성적인 호각소리에 문득 고개
를 추켜들었다

　순간 나는 한 가지 결론에 도달할 수 있었다
　나의 오감을 일깨워준 건 다름 아닌 네게로 향하던 나의 끝없
는 미련이었음을
　쏟아지는 햇살이 큰 바위 얼굴에 걸려 넘어지자 하얗게 눈이
부셨다
　그곳이 이데아인 것처럼

안부

운동장 철봉에 장갑 두 짝이 대롱대롱 매달려 있다

줄 한 고개 넘고 뜀틀 두 고개를 넘는
여고생들의 뒤통수를 대신하여
장갑이 안부를 묻는다

소리 없는 웃음을 지어 보이며
부는 바람에 연신 솜털을 긁적이면서
우리네에게 악수를 청한다

누구의 안녕을 묻고 있는지
장갑은 말이 없다
허나 처음 보는 이에게도 문득
자신의 온기를 내밀 수 있는 건
오로지 체육 시간이 서툴지 않기 때문이다

그의 손끝에서 피어나는 작은 일렁임은

피차 거대한 사건이었으리라
바람의 흐름을 읽은 장갑은 딱딱한 곳에서 내려와
기울고 허물어진 성벽을 다시 고쳤다

그때 종이 울렸다
왁자지껄 떠드는 소리가 줄지어 교실로 돌아가는 틈에
애꿎은 솜뭉치들만 하늘 위로 풀풀 올라가고 있었다

키위

조각달이 토담 위로 살포시 내려앉는다
담 아래엔 수줍은 치마들이 산들바람에 나풀거리고
그녀들이 재잘거릴 때마다 창포 향기가 가득하다

발갛게 달아오른 병정들은 연신 땀을 닦아내고
말간 달이 비추는 수면 위에 배 한 척을 진수한다
첫 고동 소리에 제멋대로 지저귀던 물새들이 일순 고요해진다

달이 성급히 가던 시간의 옷자락을 붙잡을 때
흥에 취한 장정들은 즐거운 곡조로 노래를 부르고
까만 귀밑머리에 송골송골 우리네 가락이 맺힌다

달콤한 소녀들이여, 이리로 와서 함께해다오
샛노란 저고리 연둣빛 치마 모두 모여 함께해다오
길고 긴 여름밤 하얀 달빛이 진눈깨비처럼 우수수 흩어진다

제 **3** 부

꽃무덤

유서

시절이 유치해서 거울 속의 나는 죽었다

종잇조각에 휘갈긴 케케묵은 글자만이
내 소식을 알릴 뿐이다

마른 입술을 만지작거리며 너는 당연히
나의 부재를 실감하게 될 것이다

유리 파편에 검붉은 꽃잎들이 흩뿌려지고
너는 스러진 것에 대한 의식을 치를 것이다

육체가 없는 빈 시신을 끌어안고 곡을 하여라
나는 세상 어디에도 없는 아름다운 꽃가마를 탈 것이니

너는 상처 입은 외로운 짐승
하나 남은 젖니가 흔들리기 시작했다

아무도

나는 아무도란 섬에 살아

이곳까지 흘러들어온 건 기슭을 치며 하얗게 부서지는 물결과
가끔 수면을 박차고 솟구쳐 오르는 저 괭이갈매기들뿐이지

진흙과 모래가 물리적인 시간을 겹겹이 쌓아나가면
나는 그것이 마치 고인 우물물의 서정적인 시간인 양 연거푸
퍼내고 있어
그러다 문득 어느 귀퉁이의 마른자리가 보일 때면
그제야 나는 사무치게 외로워지는 거야

아무도, 여기서는 그 누구도 나를 지배하지 않아
내 세상의 주인은 너였으면 좋겠다는 상상을 종종 하곤 해
비탈에 그득 핀 노란 수선화 떨기들처럼 너는 정말 아름답
거든
그렇게 나의 왼편으로 와줘
나의 그 '누구'가 되어줘

볕 잘 드는 너른 마당으로 마실 나온 밤색 암고양이가
무엇을 찾아 우는지도 모르지, 너는?
저길 봐, 손에 닿지 않는 그리움이 졸음처럼 밀려오잖아

세상 어디에도 없는 고단한 아무도에서

꽃무덤

88년 9월
내가 태어난 해

한 해 일찍 태어났더라면
오감으로 보고 느꼈을까

유월의 바람이 잠잠해지길 잠자코 기다리신 엄마는
이듬해가 되어시야 나를 낳으셨어
새하얀 강보에 싸여있는 천진난만한 내게
좋은 것만 보고 느끼게 해주신다며
나는 그렇게 88올림픽둥이가 되었지

나는 운이 좋았어
그 뒤로 행운같던 시간이 찾아왔고 나는 쑥쑥 자랐지
지극히 민주적인 것은 매일 살아 숨 쉬는 일과 같았으니까
피비린내를 맡을 사이도 없이
부모님은 묻지도 않은 내 옷의 투명한 핏자국까지 열심히 지
워주셨으니까

이렇게 머리가 커진 지금은
가끔 그때의 일이 궁금해지곤 해
그 땐 내가 너무 어려서 어찌할 수도 없었겠지만
교과서의 삽화에서나 비디오의 한 장면으로만 볼 수 있는
스러져간 많은 이들의 모습과 그 강인한 정신을 말이야

그리고 생각해
지금 이 시대를 살고 있는 나를 포함한 젊은 청년들을
지극히 민주적인 것은 어찌 탄생했는지를 잊은 채 살고 있지
는 않은지
이런 나조차도 별일 없는 듯이 지내고 있으니까 괜스레 마음
이 불편해져

오늘은 공원에 나가 이름 모를 꽃무덤을 향해 인사를 건네야
겠어
여기까지 오느라 수고하셨다고
민주적인 것을 생각하는 이 마음 항상 변치 않겠다고

도도한 도도새

깎아지른 절벽 앞에서 그는 숨을 골랐습니다

병풍처럼 기암괴석에 둘러싼 외딴 섬, 이곳 모리셔스가 그의 보금자리지요

끝을 알 수 없는 인도양 안에서 그는 철저하게 고립되어 있었죠

지구상에 그런 독특한 DNA를 가진 이는 그가 유일했으니까요

한참을 서 있던 그가 마침 비행을 생각해냈습니다

바람을 가르며 지휘를 하듯이 허공을 휘젓던 짧은 팔과 다리는

이제 막 둥지를 나온 어린 새의 서툰 날갯짓과 같은 것이었죠

창공에 두둥실 떠가는 저 노련한 갈매기처럼 날아볼 테야!

너른 벌판을 디딤돌 삼아 힘껏 달려온 그가 어깻죽지를 퍼덕거립니다

그는 어찌 되었을까요?

날았을까요?

글쎄, 그는 어미의 양수에 도로 처박히고 말았더랍니다
그래도 그는 포기하기엔 이르다고 보았습니다
다시 한번 도전! 또 다시 한번 도전!
그 무거운 몸이 땀에 절어 차디찬 바닷물을 조금씩 미지근하게 만들고 있었죠
그가 내뿜는 거친 숨에 축축한 공기 역시도 빨래가 마르듯이 금세 증발해가고 있었죠

그러나 사람들은 이 용감한 외톨이를 가만두지 않았습니다
이 우매한 창과 화살로 그를 마구 찌르며 환호했습니다
연녹색 피를 토하며 죽어가는 그의 옆구리 살을 꼬집으며 질긴 식감을 경멸했습니다
최후를 맞은 그는 지금 자연사 박물관을 찾아온 아이들의 눈동자 안에 담겨 있습니다
멸종을 기리던 날은 공교롭게도 그의 생일날이었어요

그것을 아는지 모르는지 조무래기들은 그의 뼛조각에도 무척 신나게 떠들고 있네요

우리는 그를 이제 더는 세상에 없는 도도새라고 부르기로 했어요
포르투갈어로 도도는 바보라는 뜻이래요
그런데요
한국어로 도도하다는 건 거침없고 기운찬 모양을 뜻하죠
도도새는 포르투갈에선 이미 죽은 목숨이지만 한국에선 다시 살아있어요

그 뜨거운 열정과 함께요

환각

타다 만 향로들이 규방 안에 들어차 있다
기름진 그것들은 나른한 향내를 풍기며
정숙한 여인네의 코끝을 사로잡아 버렸다
홑적삼 걷어 올리고 자수를 놓던 고운 손
보드랍고 하얀 살결 붉은 입술 푸른 치마
향로들의 밤은 복잡하여 꺼질 줄을 모르고
연기만이 말없이 얼기설기 피어오르고 있다
환각에 취해있던 향로 하나가 풀썩 쓰러지며
향유가 흘러 여인의 옷감 사이로 번져갔다
뜨거운 입김에 한순간 다리를 절던 그녀는
상심의 거처를 짚은 듯 엎어진 그를 바로 세웠다
하얗게 지샌 고단한 눈꺼풀이 스리슬쩍 감겼다

산채비빔밥과 몽키바나나

존경하는 신사 숙녀 여러분
오늘 이 자리를 빛내주셔서 감사드립니다
이제 청아한 신부와 늠름한 신랑이 내빈 여러분께 인사를
올리겠습니다
그녀의 패인 볼에 눈물이 흘러내려 푸른 샘이 만들어졌습니다
불룩한 배를 부여잡고 그녀는 하염없이 울기만 합니다
그는 애꿎은 자신의 손가락만 만지작거리고 있습니다
그것은 붉은 알을 품은 반지 하나 없이 비어 있습니다
곧이어 최후의 만찬이 시작됩니다
내빈 여러분께서는 빠짐없이 자리에 앉아주시길 바랍니다
메인 요리는 신선한 재료만을 엄선하여 서울에서 직접 가져온
산채비빔밥이며
디저트는 이곳 마닐라의 특산품 몽키바나나입니다
산해진미가 가득 놓인 연회석의 이 황홀한 행복을 부디 눈과
입으로 즐겨주십시오
밤은 계속되어야만 합니다

물의 진실

나무와 돌과 개구리는 순수하다
물이 이들의 발을 말갛게 닦아주기 때문이다

물은 아무것이나 품지 않는다
물속에 든 것은 티끌 없이 투명한 진실

너와 내가 부둥켜안을 때 눈에 어리던 따스한 눈물에도
내 마음 깊숙이 밀려 들어온 짙은 그리움의 파도에도
진실은 곳곳에 숨어 있다

물의 심성은 정말 고와서 물방울은 공중에서 다투지 않는다
그들은 흘러내릴 곳을 정확하게 짚어 내린다
햇빛에 반사된 물방울의 등골은 그래서 진실하다

물의 표면을 튕겨낼수록 물은 더욱 아래로 아래로 가라앉는다
거칠게 밀어낸 힘만큼 다시 평정심을 찾는다
바다를 이룰 빅뱅 초기 우주 속에 떠다니던 물 입자에는
더러운 세상 씻겨내어 줄 전설 하나가 담겨 있다

오후 네 시

오후 네 시
느슨해진 마음의 주파수를 당겨 매어야 할 때
나는 따뜻한 커피를 마신다

커피 종류도 여러 가지
은은한 헤이즐넛에서부터
고소한 카푸치노에 이어
달달한 모카까지
그 날의 분위기에 따라 커피는 옷을 갈아입는다

빗방울이 촉촉하게 지면을 적시는 이 시간
습자지에 갈색 잉크가 서서히 스미어 간다
자음과 모음, 그 숲 사이로 커피의 정신을 뿜어낸다

케냐라던가 에티오피아라던가 하는 커피의 나라에서
그 이름도 생소한 아프리카의 밀림과
어느 농장에서 애쓰는 이름 모를 구릿빛 피부를 느껴본다

거친 얼룩말이 이 고운 입자가 되기까지
얼마나 고된 훈련과 노동을 지켜왔을까
굴곡진 이 커피잔처럼 상념이란 험준한 협곡과도 같다

아, 그래서 커피의 인생은 쓰고도 달콤하구나!

부르카

나는 매일 검은 강을 건너는 너와 마주친다
별다른 인사도 없이 우린 스치듯이 지나가지만
나는 줄곧 까만 렌즈 안에 너를 담고 있었다

나는 마치 붉은 옷의 투우사가 된 듯하여 너를 도발하면
너는 성난 푸른 소가 되어 곧장 내 품으로 돌진해왔다

죽음의 강, 그것이 집어삼킨 보드라운 살결을 느껴본다
찰나의 순간 나는 너의 창백한 낯빛을 보았다
아마도 너는 검은 상자가 집어삼킨 청초한 젊음을 찾고 있었
으리라
메마른 눈물을 흘리며 너는 잃어버린 자유를 부르짖고 있었
으리라

제 색깔을 찾을 수 없는 칠흑뿐인 이 사진으로
총칼의 위협에 맞서진 않을까 왠지 나는 두려워지는 것이었다
이 좁고 어두운 세상에서 그토록 찬란한 물결을 바라건대

검은 오수가 오롯이 푸른 대양(大洋)이 될 그 날을 기다리며
다시는 너를 부르카를 쓴 여인이라 부르지 않을 것이다

어느 새벽녘의 어스름 속에서 나는
검은 장막을 때려 부수며 고군분투하고 있을지 모를 너를
위해
죽은 듯이 삼켜버렸던 시어를 하나씩 게워내기 시작했다
베일에 가려진 보석처럼 빛나는 너의 두 눈동자 위엔
뜻도 모를 활자만이 거침없이 춤을 추고 있었다

화톳불 옆에 앉아
— 2022년, 전쟁의 참상을 지켜보며

타닥타닥
불 속에서 콩알만 한 자존심이 튄다
검게 익어가는 장작 더미 위에서
나는 맛있게 구워진 닭꼬치가 된다
노릇노릇한 통감자를 잘 으깨야지

부나방 떼가 이곳 금빛 트로피 앞으로 모여든다
양 날개로 서로의 체온을 그러모은다
뜨거운 열기에 재빨리 달아나는 이기심을 붙잡을 수가 없네
첫 승리를 거둔 우리 선수들을 열렬히 환영해

둥둥 딩딩
조율을 마친 기타를 매고는 진지하게 줄을 튕겨 본다
변주된 리듬 위로 자유의 강이 흐른다
너와 나는 비각의 관계가 아닌가
으르렁거리며 서로를 집어삼키려 할 때
연주는 파국을 맞겠지

화톳불 옆에 앉아

신선한 전리품들을 세어 본다

뫼비우스의 띠

큰 형님과 작은 아우가 어깨동무하듯
물결들이 저만치서 우르르 달려올 때
잔잔한 수면 위에선 작은 혁명이 일어났어요

물방울들의 마음을 세차게 뒤흔든 이 개혁적인 손길은
돛단배 한 척의 무심한 뒤꽁무니에서 비롯된 것이었어요
하늘로 한껏 말려 올라간 그것은 아가씨의 속눈썹처럼 아찔
했죠

이리저리 쏘다니는 생쥐와 담뱃불을 붙이는 어느 부랑자의
뒷골목
암회색 벽마다 그래피티되어 있는 뜻 모를 문자들은
간간이 내리쬐는 햇살에 그 우스꽝스러운 모습을 드러내기도
했어요
조무래기 물결들이 이곳으로 흘러오게 된 건 결코 우연이 아
니었죠
바람에 펄럭이며 격렬한 춤을 추는 붉은 깃발 아래에서

주먹다짐으로 세운 그들의 왕국은 꽤 견고해 보이네요

그러나 파동은 숨을 고를 새도 없이 계속해서 이어지고 있어
요
밀려오면 다시 밀려나게 되어있는 게 자연의 법칙인거죠
기름진 세속적인 것이 내 곁에서 잠시 밀려나 있으면
철없어 껍질 채 깨지지 않은 미숙한 세상이 이 틈으로 들어차
고 있어요

그렇기에 지금 순간에도 물결은 새롭게 번복되고 다시금 반
복되고 있답니다

모자

저기 옥탑방 빨랫줄에
모자 하나 걸려 있다

챙이 유난히도 넓은
낡은 잿빛 중절모

누군가 쓰다 버린 건지
감을 잡을 수 없던 그것은
외로이 마당 한복판에 주저앉아 있다

모자를 보았다는 사람은
그 우스꽝스러운 모습을 보며 손가락질했다
모자에 대해 잘 알고 있다는 사람은
비렁뱅이가 쓰고 다녔다고 떠벌렸다

겨울바람 부는 어느 날
옥상을 맴돌던 솔개 한 마리

홀연히 모자를 물고 날아갔다

먹잇감을 물고 달아난
그의 둥지를 찾기란 쉬운 일이 아니었다
거리를 헤매보아도
같은 모자를 쓴 이를 발견할 수 없었다

그제야 사람들은
모자의 시간을 체감하기 시작했다
그것은 미래를 예감한 선각자의 것임을

지금 우리 앞 빈 벽에
색다른 모자가 걸려 있다
깊이가 있는 자줏빛 고깔모자
그것을 주목해야 한다

이 분의 일

바위에 흰 가르마가 그어진다

두 갈래로 땋아 늘인 소녀의 머리칼에 물기가 어려 있다
축축한 바람결이다

도롯가에 무성하게 피어 있는 이슬 머금은 노란 세 잎 국화
들이
나그네의 무거운 손짓에도 그 귀한 입술을 달싹이며 고개를
흔들거린다

자정이 지나고 나서야 비를 몰고 다닌 까만 구름을 진정시
켜볼 수 있겠지
어둠이라는 깊은 해구 위로 너라는 의미가 은어 떼처럼 헤
엄쳐 다닐 것이다
나는 세차게 흐르는 저 물줄기를 갈라버릴 거야, 그러면
화단에선 시들어버린 어제의 블루데이지가 고갤 들고 나를
뜨겁게 반길 테지

융단이 깔린 거실에선 사파이어 눈을 한 페르시안 고양이가 가르릉 웃음 지을 테지

이윽고 여름 장마가 시작된다

무덤덤한 잡초의 등쌀을 연둣빛 아지랑이가 간질간질 간지럽히는 틈에
너라는 존재가 본래 내 것이었나를 고민한다
명주 실오라기를 감는 실패처럼 우리가 한마음일 순 없나
나뉘고 나뉜다면 물웅덩이로 낙하하는 저 빗물처럼 다시금 합치고 합쳐질 때가 있겠지

목욕탕의 후끈한 열기에 눌어붙은 누군가의 손자국이 거울로부터 멀어진다

부패

빵의 빈소에
국화 한 송이를 놓았다

향을 켜고
조문을 했다
아니, 내가 마지막으로 널 상대했으니
내가 상주이던가

영정 속 신선했던 네 모습을 보니
입이 행복했던 순간이 파노라마처럼 펼쳐졌다
이젠 오래 두어 먹을 수 없는 대신
알몸으로 유혹하는 저 곰팡이 처녀에게 잡아먹혀 버렸다지
어찌나 그를 구속했던지 팔 한쪽이 다 으스러지는군

썩은 빵은 향기도 새롭다
코를 찌르는 오묘한 그 맛에
파리떼가 시글시글 찾아오지 않은 것은

겨울이기 때문이라 다행일런지

쓰레기봉투 안에 빵을 넣으면서
내년 봄, 그의 몸에 얼굴을 박고 고혈을 빠는
성충이 될 어느 구더기들을 상상한다

겨울이 썩어가고 있다

뿌리

굽이쳐 흐르는 물줄기를 따라 자아가 분열되고 있다

변주하는 리듬은 오해의 조각들

습격을 받은 대지가 즐거운 비명을 지르는 사이

옥토를 헤집는 지렁이의 허리춤엔 반들반들 기름이 졌다

지하 조직은 그렇게 주유소를 탈취할 수 있었다

그들의 우두머리는 끈적한 피고름을 탐욕스럽게 먹어치우며

앞으로 앞으로 나아갔다

작업복을 벗어던지며 이념 타파를 부르짖는 블루칼라들

마음이 가난한 자여, 이곳으로 오라!

콸콸 쏟아지는 낙숫물을 무섭게 빨아올리는 저 번번한 돌기

들은

통념이라는 갈라진 틈을 계속해서 찾아가고 있었다

장지

고귀한 생니를 모시려고 올라가는 산길에는
보랏빛 어둠이 비스듬히 눌러앉고 있었다

장의사의 노련한 손길을 거친 시신 한 구를 고갯마루에 내버
려둔채
나는 잔뜩 벼린 곡괭이로 대지의 겨울을 하염없이 깨트려대
었고
그 조각난 토기마다 나의 언어들을 묻기 시작했다

꼬깃꼬깃 구겨진 지폐 석 장, 구멍 난 양말, 담배 한 갑 그리고
노동자의 삶

알싸하게 매운 북풍이 역방향으로 흐르며 반쯤 타버린 심장
을 얼어붙게 했고
둥지로 돌아가는 박새의 그 부리라도 따스하게 디뎌볼 공간
이나 있으면 좋으련만
비탈길 옆 운구행렬 속에서 나는 문득 오한을 느꼈다

몹시도 허기가 졌다

제 **4** 부

등의 비애

등의 비애

이별은 왜 항상 뒤돌아가야만 완성되는지
네 그림자는 오후 늦게 더 길어지고 있어
네가 나에게 등을 보이는 이유는
등이 앞이 아니라 뒤에 있는 까닭은
지독히 단순해서 잊기 편하기 위함이 아닐까?
너의 화려한 눈코입에 홀린 내 머릿속은
그림자를 끼고 멀어지는 너에게 적지 않게 혼란스럽지만
이별은 늘 앞으로만 나아가기 때문에
뒷걸음질하지 않는다는 어떤 약속을 받아들이려 해
네 등에 적힌 묵묵히 걸어가겠다는 삶의 의지를

흔적

구름은
제 지나온 길에
흔적을 남기지 않는다

새들은
제 날아온 길에
흔적을 남기지 않는다

물은
제 흘러온 길에
흔적을 남기지 않는다

자연은 자라온 흔적을 함부로 남기지 않는다
함께 어울려 지나온 길이기에
자신의 영역 표시를 하지 않는 것이다

사람은 어떠한가

사람이 사람을 사랑하는 방식 또한 어떠한가

사람들은 의도한 대로 흔적을 남기려 한다
경쟁이라고 부르는 그것을 쉽게 남기고 또 쉽게 지운다
서로의 마음에 생채기를 내고 돌아선다

사랑하는 나의 사람아
자연스럽게 흘러가는 인생길
다른 이를 위해 흔적을 남기지 말자
시나브로 서로에게 스미듯이 살자

판도라의 항아리

나는 자줏빛 감옥에 갇혔다

욕망에 눈이 먼 나는
금단의 구역 맨 밑바닥에 가라앉아 있었다
그곳이 내 지정석이었기에
나는 돌을 매단 시신처럼 꿈쩍도 하지 않았다

나를 가둔 것은 바로 하찮고 비루한 그놈일 게다
뜨겁게 펄떡이는 제 심장을 묶어놓고 나를 고문한 탓에
저만치 상공으로 질주해가는 연기구름 떼를 그저 바라보면서
나는 의식의 부재를 처절하게 부르짖으며 통곡하였다
그때, 어둠 속에서 다급하게 뛰쳐나오는 검푸른 늑대들이
갈기를 휘날리며 공중에서 활보하다 구름 속으로 숨어 버
렸다

그러다 문득 내가 떠오를 때도 있었다
그 유약한 피부가 감각에 닿고 닳아 없어지면

나는 비로소 진실의 부유물이 되어 둥둥 떠다니곤 했다

좌우로 돋을새김한 쇠창살 위의 저 글자들은 대체 어느 문명의 것이었나

한시바삐 족쇄를 끊고 이곳을 탈출할 수 없었던 것은

이미 그놈이 절필을 선언한 직후였기 때문이다

나는 한없이 밑바닥으로 가라앉으면서

진취적인 생각을 하려고 노력했다

내가 가진 것이라곤 이 사소하고 못난 것들 뿐이므로

고드름

　소나무, 그이의 외손주와 증손주인 여린 솔잎들
　창공을 향해 삐죽빼죽 뻗어 나간 그 모습이 여간 마음에 들지 않았던 걸까요

　지독한 겨울이었습니다
　아이들의 두 손을 묶고 두 발을 잘랐으니
　감춰진 눈동지엔 공포가 가득했고 절단된 발가락이 바람에 나부꼈습니다
　때마침 폭설이 내렸어요
　삶의 무게를 서툴게 짊어진 그들은 아예 입을 꾹 닫아 버렸지요
　겨울바람이 맹추위와 함께 도발하여도 눅눅한 비명만을 지를 뿐이었습니다

　솔잎들은 밤새도록 하얗게 하얗게 울었습니다
　눈물도 흘려볼 두 눈이 있어 그저 감사할 따름이었어요
　혹독한 감시를 피한 그들의 눈물, 그 한 줌들이 모이고 모여

길쭉한 탑을 쌓았답니다

　슬픔으로 박제된 그 철옹성은 그 어떤 물질보다도 맑고 투명
했기에

　그들은 코끼리의 엄니와 같은 뜨거운 비수를 가슴에 품고

　적장과 맞서 싸우는 기개 넘치는 화랑들이 되었습니다

　한동안 그들은 두렵지 않을 것입니다

　영원한 겨울은 없으니까요

　동장군이 지나간 후 한결 누그러진 봄볕에 설령 무기가 모두
녹아내릴지라도

　그들의 시대정신은 대대손손 솔방울들에게도 구전될 것이기
때문입니다

흑고래

나는 기차간에 쭈그려 앉은 채로 어떤 생각에 잠겨 있었습니다

카리브해를 건너 여기 동해를 지나는 동안에도 나는 긴장을 늦출 순 없었거든요

파도는 맹렬한 야수와 같고 수온은 얼음장 같아서 지느러미가 절로 움츠러듭니다

혈혈단신으로 기차에 오른 두 손에는 빛바랜 티켓 한 장이 전부였답니다

목적지는 서울, 서울이었지요

물속에서의 삶은 꽤 치열했답니다

나는 등에 혹이 난 까만 흑고래, 열 살 꼬마예요

나를 본 사람들은 명분도 없이 시퍼런 작살을 마구 꽂아대었습니다

하지만 나는 운이 좋았어요

엄마 고래가 피를 흘리는 동안에도 내 등을 계속 떠밀었기 때문입니다

굵은 눈물이 볼을 타고 흘렀지만 나는 헤엄치기를 멈추지 않

있습니다

　환영 인파도 없는 텅 빈 개찰구를 걸어가면서 나는 이 도시의 겨울을 느껴봅니다

　머리칼에 하얗게 눈송이가 내렸어요

　흑요석처럼 까만 눈동자에 알 수 없는 문자들이 슬로 모션으로 지나갔습니다

　곧 어느 딱딱한 의자에 앉아 그곳 백사장의 반짝이는 모래들을 생각해낼 것입니다

　나는 아이티에서 온 난민입니다

황혼에 접어들어

이른 아침 그 벤치 위에서 맞잡던 두 손은
따스한 온기만을 남겨두고 말없이 떠나갔다

홀로서기를 한 지 어언 삼 년째
다듬지 못했던 연정은 닿을 곳 없어
얼기설기 짠 패물함에 이리저리 방치되곤 했다

어제는 꿈자리가 사나워서 새벽녘부터 일어나있었다
시뻘건 꿈들이 나타나 내 숨통을 옥죄는 통에
나는 열띤 항변을 했으나 그것들은 비수가 되어
내 여린 심장 위로 쿡 박혀 버렸다
책 한 권 받아내기도 버거운 눈시울이 괜스레 붉어졌다

한달음에 달려온 벤치에 곧장 앉아
바람에 실려 와 나와 함께 호흡하는 그대를 코끝으로 느껴
본다
장기판처럼 좌로 우로 점철된 인생을 당신 몫까지 살아내려면

나는 큰 발재간을 부려야 하는데 생활이 녹록하지 않다

장성한 자식들이 너나 할 것 없이 모여드는 명절을 맞아
늙은 몸 하나 누일 곳 없어 다시 찾은 이곳엔
적적함을 달래려 날아든 비둘기 한 떼가 떨어진 담배를 집어
문다
나는 고독을 지우기 위해 늘어지게 하품을 하다가
저들과 같이 꽁초를 주워 마지막까지 타오르는 상념을 몇 모
금 깊이 빨아본다

저기 모락모락 김이 나는 따스한 쌀밥이 그리워지는 시간이다

액자

하얀 연기가 핀
뜸이 잘 든
액자 속 순간들을
주걱으로 퍼담네

공기에 수북이 쌓인
행복한 순간들
그리운 순간들에
모락모락 김이 나네

한 입 퍼먹으면
꿀맛이 난다는
부케를 든 오월의 신부
두 입 베어 물면
톡 쏘는 라임오렌지처럼
사랑하는 이와의 입맞춤
세 입 녹여 물면

쌉싸름한 초콜릿같은
그리운 나의 가족

액자를 걷어내면
다시 숨을 들이고 내쉴 순간들이
한 상 푸짐히 나를 먹이네

액자는 추억을 가둬둔 틀이 아니라
과거를 기억하고자 먹는 밥과 같다는 걸 문득 깨닫네

모던 보이

　활활 뜨겁게 불타오르던 낮달이 지고 어제의 샛별이 새초롬한 빛으로 다시 찾아올 동안

　내 채널의 구독자 수가 터진 둑에서 콸콸 쏟아지는 물처럼 삽시간에 불어났지 뭐야

　이토록 아름다운 나의 충성스러운 팬들을 위해 나는 오늘도 인생이란 무대에 섰어

　조명이 앞서거니 뒤서거니 하면서 찬란하게 피었다 지면 나는 우아하게 춤을 추지

　매끈한 실리콘 피부와 길쭉한 인공 팔다리가 나를 더욱 돋보이게 만들어 주거든

　내가 가진 일곱 개의 비밀을 풀어줘, 너희들에게 다채로운 기쁨을 선사할게

　나는 단지 딱딱한 벽돌 속에 존재하는 인형만은 아냐

　너희의 손바닥 위에, 때로는 머릿속에는 항상 내가 살고 있어

　나는 그 안에서 디욱 뜨겁게 날아오르는 거야!

　아무렴, 나는 잊지 않고 있어

　닭장같이 비좁은 칸막이 안에서 시종일관 '좋아요' 단추를

누르는 지친 너희들의 수고를

시스템 종료

한동안 뜸했었지
오래 묵힌 가슴 접속해
먼지 쌓인 마음함을 열어 보네

꽤 여러 해 동안 들락날락하며
두 개의 심장이 닮았는지를 확인하던
나의 푸르던 청춘과 그대에 대한 그리움

집 떠난 마음 백여 통
받은 마음 열두 통
행여나 오배송으로 주소 잃은 마음 있었을지
몹시도 가슴 졸였던 나의 지난날들

발을 헛디뎌 동그라진 갯벌밭에서
한참을 허덕이다가 정신이 든 그대의 무심한 마음
이제는 수신자 미확인으로 남아있네

수고스럽게도 나의 심장은 오늘도 뛰기에
흠칫 놀라며 부리나케 마음함을 꺼버리네

시스템을 종료하시겠습니까?
혹독하게 마음을 비워 버렸네

에필로그

녹녹해진 공기 사이 어디쯤에서 나는 헤매고 있다
에펠탑 위에 걸린 파리한 낮꽃의 반달
펜촉은 닳고 닳은 가운데 너는 검은 모자를 눌러 쓰고 있다

서먹한 프로방스의 야경
향긋한 청포도가 알알이 익어가는 계절 속에 너와 내가 있다
이 잔 가득히 화이트 와인을 부어야지, 이별은 무채색이니까

우리는 다시 황홀 속에 빠져 있었다
야자수 아래에서 펼쳐지는 정열적인 니스의 카니발
형형색색의 종이와 꽃가루가 공중으로 흩어지면
무용수들이 현란한 몸짓으로 시가지를 행진한다
흥분과 소란을 감출 수 없는 수많은 군중 속에서 너와 내가
말없이 돌아선다

저 멀리 송전탑이 보이는 작은 달동네
나는 피곤한 눈을 비비며 물잔에 싸구려 포도주를 따른다

시위대가 튼 노랫소리가 문틈으로 스멀스멀 기어나온다

뾰족한 펜촉에 보름달이 걸려도
너는 어디에도 존재하지 않는다

시인의 길, 연금술사의 길
― 최수진의 『산채비빔밥과 몽키바나나』

전 기 철
(시인 · 문학평론가)

시인의 길, 연금술사의 길
— 최수진의 『산채비빔밥과 몽키바나나』

전 기 철
(시인 · 문학평론가)

1

시인은 꿈꾸는 사람이다. 현실에 발을 딛고 있지만 눈을 저 멀리 두고서 한숨을 짓기도 하고, 혼잣말을 예사로 하고, 저 혼자 산책을 하며 중얼중얼 미소 짓기도 한다. 그는 누군가와 같이 있어도 저 혼자 있는 사람처럼 눈을 먼 곳에 두고 알아들을 수 없는 말을 횡설수설한다. 그는 여기에 있지만 저기에 있고, 함께 있지만 혼자이며, 발을 땅에 단단히 딛고 있지만 별들의 세계를 떠다닌다. 하지만 이러한 시인은 위태롭다. 그 세계는 "무자비한 논객"(「이데아」)의 터전이어서 시인의 감성으로 쉽게 갈 수 없기 때문이다. 그래서 시인은 목 놓아 외친다. 그는 자신의 감성으로만 그곳으로 갈 수 있다는 걸 알기 때문이다.

열려라, 메마른 심장이여!
나는 목놓아 울며 외쳤다

― 「이데아」 부분

외침에 대한 답은 어디에서도 찾을 수 없어 오직 오감으로 그 세계로 가기를 소망한다. 하지만 그 세계에 이르기 위해 모든 감각을 여는 계기가 되기도 한다. "나의 오감을 일깨워준 건 다름 아닌 네게로 향하던 나의 끝없는 미련이었음을"(「이데아」) 알기 때문이다. 그가 너에게 갈 수 있는 방식은 자신의 현실을 속속들이 감각하는 일이다. 따라서 그는 '이데아'로 도약하기 위해서는 현실에 단단히 내딛어야 한다는 걸 누구보다 잘 안다. 높게 날기 위해서, 저 멀리 내다보기 위해서, 더 높이 도약하기 위해서 발돋음을 세게 해야 한다는 걸 알기 때문에 그는 여기저기 현실을 헤매며 감각의 촉수를 세운다.

왜 그는 이데아, 혹은 꿈을 꿀까? 감각의 촉수를 세우는 건 현실적 존재인 시인이 할 수 있는 일이기 때문이다. 현실이란 얽히고설켜 있어 복잡한 정글이다. 이 정글은 비인간적인 세계여서 눈앞이 어지럽고 귀가 먹먹하다. 이러한 곳에서는 전쟁은 끊임없이 일어나고 환경은 파괴되고, 생명은 위태롭다. 인간은 스스로를 파괴할 운명적 존재이다. 이러한 현실에서 꿈꾸는 자야말로 미래를 설계하는 진정한 탐험가이며 미래의 인간일 것이다. 사람들에게 가장 아름다운 이상적인 세계가 있음을 말해주고 그곳을 꿈꾸길 안내하는 자야말로 우리 시대 진정한 안내자가 아닐까. 플라톤이 시인은 모방할 뿐 이데아에 이를 수 없다고 했는데, 현실을 감각할 수 없는 자는 이데아를 꿈꾸지도 못한다. 이에 시인들은 끊임없이 플라톤의 모방론에 항변한다. 최수진 시인도 '목 놓아' 항변하며 그 대열에 끼고 싶어 한다.

최수진 시인은 시인으로서 길을 통해 이데아에 이를 수 있음을 보여주고 싶어 한다. 그래서 그는 시인을 자신의 인생 목적으로 삼는다. 그는 시인이야말로 정글 속에서 한 치 앞도 내다보지 못하는 사람들에게 진정한 '자유'가 무엇이며, '첫사랑'의 달콤함이 있는 새로운 땅을 말해주는 자라고 생각한다.

살아남은 자와 그렇지 못한 자를
심판하는 잣대는 무엇이며 우린 무엇으로 사는가
역류한 이성이 성난 코끼리들을 향해 돌진했다
다시 찾을 자유를 위하여

— 「역류 –미얀마 사태를 바라보며」 부분

위 시는 미얀마 사태를 썼으나 미얀마 사태를 매개로 '다시 찾을 자유를 위하여' 정글 속에서 꿈꾸게 하는 안내자로서 시인의 역할을 보여준다고도 할 수 있다. 이런 자유는 우리가 잃어버리고 있는 진정한 땅을 회복하기 위함이다. 그 땅은 우리가 잊고 있었거나 잃어버린 땅, 꿈속의 세계이다. 하지만 그 땅, 이데아는 우리가 잃어버린 땅이지, 허무맹랑한 꿈속의 세계가 아니다. 그래서 시인은 감각적으로 그 세계를 보여준다.

부드러운 선율이 있고
아름다운 몸짓이 있고
부대끼는 살결이 있는 곳

헤엄쳐 가자
월계수와 만다라가 만발한
천상의 대륙으로!

뼈를 깎는 고통이 없고
누구 하나 슬픈 이가 없고
무자비가 없는 곳

죽어도 기쁜 우리,
나는 아틀란티스를 꿈꾼다

— 「나는 아틀란티스를 꿈꾼다」 부분

아틀란티스는 플라톤의 「티마오스」에 언급된 유토피아이다. 그곳에는 '뼈를 깎는 고통이 없고/ 누구 하나 슬픈 이가 없고/ 무자비가 없는 곳'이다. 그리고 이곳은 '만다라가 만발한/ 천상의 대륙'이다.

최수진 시인에게 시인이란 꿈꾸는 자이며, 그 꿈은 우리가 잃어버린 유토피아의 세계로 가는 것이다. 그리고 그곳은 '선율'과 '몸짓'으로 갈 수 있다. 선율과 부대끼는 몸짓은 곧 시이다. 시란 리듬이다. 선율을 통해 정글을 건너고 빠져나갈 수 있다고 보기 때문에 시인은 필연적으로 시의 길을 자신의 운명으로 받아들일 수밖에 없다.

우주선이 운율을 타며 우주 공간을 부드럽게 유영한다
너와 나, 오직 둘뿐인

— 「우주 속으로」 부분

짭조름한 바다 내음이 꼭 어머니의 향기인 것만 같아
선미는 파도에 리듬을 타며 울렁거리고 있었다

— 「고래」 부분

 이데아, 혹은 유토피아를 찾기 위해서는 우주 속으로, 망망한 바다 속으로 항해해야 한다. 이는 대단히 위태롭다. 하지만 그 위험한 데를 건너지 않고는 꿈의 세계를 찾을 수 없다. 이데아를 찾아 나서는 일은 시인의 운명이며, 시인만이 그 세계가 있음을 감각할 수 있기 때문이다. 그 세계는 이성으로 찾을 수 없다. 따라서 시로 정글을 건너 잃어버린 땅을 찾을 수 있다고 믿는 시인은 시의 길을 자신의 운명으로 받아들인다. 시는 생명과 우주의 리듬이기 때문에 정글로 표상되는 현실을 건너 이데아에 도달할 수 있음을 그는 안다.

그렇다면 그 이데아가 살아 숨 쉬는 유토피아는 어떤 곳일까? 최수진 시인은 그곳을 '영원' '처음'(첫, 신선, 갓, 날 것 등) '우주' 등의 말로 표현한다. 혹은 너와 내가 '함께/더불어' 하는 세계이기도 하다.

첫사랑이야
수줍던 나의 첫 자백
 (중략)
고마워, 당신
처음이란 걸 알게 해 줘서

　　　　　　　 ―「처음이라는 것」 부분

영원을 꿈꾸는 자, 나는
오롯이 당신께 바쳐질 제물이 되어

절대자의 합당한 처분만을 기다리고 있었다

　　　　—「영원에 대하여-파우스트에게 바치는 헌시」 부분

달콤한 소녀들이여, 이리로 와서 함께해다오
샛노란 저고리 연둣빛 치마 모두 모여 함께해다오

　　　　　　　　　—「키위」 부분

　'첫사랑' 처럼 순결하고, 꿈으로만 건널 수 있는 '영원'의 세계, 모두가 함께하는 곳, 곧 우리가 잊고 있었던 세계가 시인이 그리는 이데아가 있는 유토피아이다. 이 유토피아로 가기 위해 시인은 현실이라는 정글을 건너야 한다. 시 여러 곳에서 보이는 '하늘'이나 '별' '우주' 등과 함께 날아오르는 상승 이미지도 (「도도한 도도새」 「안부」 「모던보이」 「뫼비우스의 띠」) 정글을 건너 이상향으로 가는 것과 무관하지 않다. 그렇다면 그가 보고 듣는 감각의 세계로서의 정글을 건너기 위해서는 어떻게 해야 하는가?

2

이 정글은 끊임없이 전쟁 중이며, 자유가 박탈된 곳이며, 사람과 사람 사이에 차별이 있어서 증오가 들끓는 곳이다.

　　형형색색의 종이와 꽃가루가 공중으로 흩어지면
　　무용수들이 현란한 몸짓으로 시가지를 행진한다
　　흥분과 소란을 감출 수 없는 수많은 군중 속에서 너와 내가 말
없이 돌아선다

　　　　　　　　　　― 「에필로그」 부분

시집 도처에 나타나는 색깔 이미지나 시각적 이미지는 '흥분과 소란'의 시적 표현이라고 할 수 있다. 그래서 시인은 감각을 잃을 정도의 시각적 영상의 색이나 빛에 노출되어 있다. 이러한 세계 안에서는 앞을 똑바로 볼 수 없고 들을 수 없다. 그러므로 유토피아로 가기 위해서는 무엇보다도 현실을 정확히 볼 줄 알아야 한다. 그것은 시인이 '시대정신'(「고드름」 「영원에 다하여」)를 갖는 데에서부터 출발한다. 그 시대 정신은 현실을 냉

정하고 정확하게 볼 줄 아는 현실 인식이다.

　　기 싸움이란 어느 나라의 말로 통역이 되는지
　　나 역시 어딘가의 이방인이며 누군가의 이방인인가

　　　　　　　　　　—「이방인들의 나라」 부분

　　방금 떼어 낸 조직을 비커 속 용액에 담고 심도 있는 검사를 진
행했다
　　잘 배양된 그것은 뒤집힌 유리 천장 아래에서 진실과 만나며
　　오직 둘만의 반응 속도에 따라 진보값과 보수값을 측정해낼
수 있다

　　　　　　　　　　—「양파의 건강검진」 부분

　　그리고 생각해
　　지금 이 시대를 살고 있는 나를 포함한 젊은 청년들을
　　지극히 민주적인 것은 어찌 탄생했는지를 잊은 채 살고 있지는
않은지
　　이런 나조차도 별일 없는 듯이 지내고 있으니까 괜스레 마음이

불편해져

　　오늘은 공원에 나가 이름 모를 꽃무덤을 향해 인사를 건네야
겠어
　　여기까지 오느라 수고하셨다고
　　민주적인 것을 생각하는 이 마음 항상 변치 않겠다고

―「꽃무덤」 부분

　'이방인' 의식이나 진보와 보수, 그리고 '민주적인 것'에 대
한 인식은 시인이 현실을 넘기 위한 필요조건이다. 정글인 현실
을 알지 못하고 건널 경우 이데아가 있는 이상향을 볼 수 없을
뿐만 아니라 눈을 들어 하늘조차 보려고 하지 않을 것이기 때
문이다. 따라서 이상향을 꿈꾸는 시인의 현실 인식은 필수조건
이다. 또한 그와 함께 시인은 유토피아를 향한 진정한 열망을
지녀야 한다.

　　두 진주알을 굴리며 새초롬히 빛나는 눈빛
　　입을 열면 송어처럼 풀쩍 튀어나오는 언어

세상의 소음을 말끔히 집어내는 나긋한 필체
그대의 살아 숨 쉬는 모든 것을 전부 파내고 싶었다

―「도굴」 부분

한국어로 도도하다는 건 거침없고 기운찬 모양을 뜻하죠
도도새는 포르투갈에선 이미 죽은 목숨이지만 한국에선 다시
살아있어요

그 뜨거운 열정과 함께요

―「도도한 도도새」 부분

　「도굴」은 시인에 대한 열정이며, 「도도한 도도새」에서의 열
정은 '한국어'의 도도함이다. 이러한 시인에의 열망은 정글을
헤쳐 가는 시학을 만들어낸다. 그것이 곧 '합성의 시학'이다.
혼돈의 현실에서 이것저것을 가릴 것 없이 뭉뚱그리고 혼합하
여 '정갈'한 길을 만들어내는 내는 일이 최수진 시인의 시작법
이다. 나뉜 것들을 합하고, 뒤섞인 것들을 나누는 작업, 그래서
결국 순수한 세계를 창출하는 일이 곧 합성의 시학이다. 합성

은 연금술의 방식과 유사하다. 합성의 연금술은 연금술사가 상념의 시간을 가지는 데서 출발하며, 리듬을 탈 줄 알아야 하는 데서 비롯한다. 그리고 그 상념은 피나는 노동에서 온다.

　시인의 생각이란 매우 뾰족하고 날이 서 있어 다수를 베어낼 수가 있기에

　험한 하부로 한없이 내려가 거칠고 투박한 생각의 입자를 갈아내어야 한다

　평소의 생각을 곱게 다졌다면 단단하고 든든한 주춧돌을 놓을 차례가 된다

　당위적인 논리들을 한데 뭉치고 얽어 판판하고 너른 자리에 거뜬히 올려놓는다

　묵직함 그 위에 일정한 높이의 추진력을 올려서 내부의 기틀을 짜내고 나면

　저 견고한 격자무늬 벽을 만들기 위해 치열하게 고민한 흔적들이 서려 있다

　단출한 것은 오로지 완성을 염원하는 집념일 뿐, 화려한 수사(修辭)에는 무심하다

　상부에 적절한 시어를 얹고 나서야 시인은 안도의 숨을 내쉴 수 있는 것이다

—「건축학 개론」 부분

역시 듣던 대로 그는 정갈한 차림이었다, 다만
지난밤 어느 지하실에서 묵었던지
신선한 사과의 향기라기보단 고릿한 생선 비린내가 난다
푹푹 찌는 날씨에 시장통에서 나는 무슨 생각으로
그 꼬리를 집어들었나

—「문득」 부분

거친 얼룩말이 이 고운 입자가 되기까지
얼마나 고된 훈련과 노동을 지켜왔을까
굴곡진 이 커피잔처럼 상념이란 험준한 협곡과도 같다

—「오후 네 시」 부분

「건축학 개론」은 시인의 시론이라고 해도 과언이 아니다. 이 시에는 착상에서부터 언어를 만들어내고 리듬을 고르는 일 등 시 쓰기 과정이 적나라하게 나타나 있다. 곧 합성의 시학이다.

합성의 시학은 구조적 시학이다. 서까래와 기둥을 만들고, 거기에 방을 만들어 하나의 집이 되게 하는 게 구조적인 시론이다. 시집 속 무수히 등장하는 '너와 나', 그리고 나와 그들, '우리' '함께' '같이' 등은 합성의 표본이 된다. 이 합성은 '스미듯이'(「흔적」) 흔적을 남기지 않고 나뉘고 나뉘어서 다시 합쳐지는 길이다. 이는 '너라는 존재가 본래 내 것'(「이 분의 일」)이기 때문이다. 그리고 이를 보충하고 있는 시들이 「문득」 「오후 네 시」이다. 「문득」은 바닥을 훑는 일을, 그리고 「오후 네 시」는 '훈련과 노동'을 언급하고 있다. 피나는 훈련과 노동을 통해서 '상념이라는 험준한 협곡'에서 길을 낼 줄 알아야 시인이 된다는 뜻이다. 수많은 협곡을 만나고 험준한 산을 '문득' 만났을 때 시인은 거칠고 험준한 것들을 다듬어 정갈하게 만들 수 있어야 한다. 그것은 운율을 타는 일이다.

시 속에서 나는 숨을 쉽니다
시 속에서 나는 먹어도 부르지 않는 배를 움켜쥡니다
시 속에서 나는 눈물을 찾습니다
그리고 시 속에서 나는 어떤 이를 부릅니다, 그것은
내게 많은 영감을 주는 또 하나의 거울과도 같습니다

시류라고 하는 것을 구태여 구분 짓지 않겠습니다
시류는 저마다의 뜨거운 생각이며
그들의 합은 마치 휘몰아치는 강렬한 태풍과도 같습니다
그 합 속에서 나는 운율을 타고 있습니다
운율, 그 리듬은 원석을 섬세하게 세공하는 것과 같습니다
지금 나는 운율 안에서 뜨거운 생각을 조각하려 합니다

그리하여 나는 시 속에서 한평생 살다 가겠습니다

— 「운율 안에 산다는 것」 부분

　무수히 많은 상념의 언어 속에서 숨을 쉴 수 있게 해주는 것
은 리듬을 타는 일이다. 그 속에서 너를 찾는 영감을 가질 수
있고, '뜨거운 생각'들의 '태풍', 곧 휘몰아치는 '합' 속에서
'운율'을 타는 것은 숨 쉴 수 있는 생명의 길이다. 그러므로 최
수진 시인에게 시란 숨의 길이며, '분출하는 내 가슴 속 뜨거운
낙서'들 속에서 '비로소 나를 완성하게 하는' 일이다.(「영원에
대하여」) 시인은 '저마다의 뜨거운 생각들'인 낙서들 속에서
원석을 찾아내는 조각가이면서 숨을 조율하는 조율사이기도
하다. 그 원석은 '첫사랑'(「처음이라는 것」) 같은 것이며, '꽃

무덤'(「꽃무덤」) 같은 것이며, '엄마의 유산'(「엄마의 유산」) 같은 것이다. 그것은 순수한 날것 속에 있다. 또한 그것은 새로운 것이 아니며, 또한 미래에 올 것이 아니라 이미 있었던 것, '오래된 미래'이다.

> 우리는 구면이에요
> 아시죠? 이 년 전에 당신을 만났어요
> 창가에 내비치는 햇살에 문득 마음이 아이스크림처럼 녹아내린다

— 「문득」 부분

이미 내 안에 있는 너, 네 속에 있는 나를 재발견하는 일이 곧 합성에 의해 만나는 시의 세계이며 이데아가 있는 유토피아이다. 그리고 피나는 노력과 모든 감정을 모으는 분출을 통해서 도달할 수 있는 그 세계는 '군더더기 없는', '기름이 껴 단단하게 굳'지도 않고 벽도 허무를 수 있는 자유의 세계(「시맥경화증」)이다. 거기에 가면 너를 만날 수 있고, 우리가 함께 할 수 있는 모든 것을 부수고 버무려 넣어 다시 재창조하는 정갈

한 세계이다. '정갈한 차림'의 너를 만나는 일은 군내 나고 말 많은 시장통을 지난 뒤에야 만날 수 있는 순수한 모습이다.

그러므로 합성의 시학은 고난을 거쳐서, 모든 말들이 모이는 데를 지나, 다시 만나는 새로운 세계이다. 따라서 최수진 시인의 시들은 대부분 많은 소재들이 하나의 시 속에 들어오는 복합적 상상력으로 이루어져 있다. 그만큼 제목과 시는 긴장감을 갖고 있고, 시는 하나의 소재에 몰입할 수 없게 하고 있다. 「변비」라는 시를 보면 변비와 관련하여 읽으려는 독자의 기대를 많이 비껴간다. 시인은 변비라는 소재를 던져 놓고, 밤으로 드는 것 같았는데 올드팝을 끌어오며, 호텔리어와의 긴장을 가져오더니, 객실과 열쇠로 갔다가 "저 멀리 단정한 흰 침대 시트가 보일락말락 하다가 이내 곧 문이 다시 닫혔다/ 마치 못 볼 것을 보았다는 듯이"로 맺는다. 독자는 어디에서도 변비를 찾을 수가 없어 당황할 수밖에 없다. 하지만 시인은 목적지에 도달할 때까지, 혹은 마지막 시행에 이르러서도 시치미를 뚝, 뗀다. 그만큼 앞에서 '뼈 깎는 노동'을 하고, '뜨거운 생각을 조율'하다가도 시행의 끝에 와서는 시인의 마음이 고요해진다.

뜰에는 상추꽃이 소담스럽게 피었답니다

그들의 여름은 지금부터가 아니겠어요?

— 「장마」 부분

순간 비굴해졌다

— 「사이코」 부분

　화자, 혹은 주체는 앞에서 수많은 소재를 끌어들여 담금질하다가 마무리에서는 긴장을 푼다. 시인은 과거의 먼 곳('저 멀리'라는 표현들이 많이 등장하는데 이는 시간적, 공간적 거리를 의미한다.), 혹은 잊힌 곳을 다시 찾기 위해 정글을 건너고 고된 노동을 통해 수많은 말들의 숲 사이를 거쳐서(「오후 네 시」) '저 멀리' '정갈한 곳'이 보일 때 오히려 마음을 고요히 한다. 하지만 아직 그곳에 이르렀다는 확신이 없어서 자기 단련을 멈추지 않고 열정을 누그러뜨리지 않는다. 이는 아직 금을 완성하지 못하는 연금술사의 경우와 같다. 코엘료의 『연금술사』에서처럼 그 과정 자체가 금이 아닐까 싶다.

3

최수진 시인은 이데아가 있는 유토피아를 꿈꾼다. 그 유토피아는 시를 통해서 도달할 수 있다고 본다. 그곳에 이르고 싶은 것은 거기에 '네'가 있기 때문이다. 나의 첫사랑인 너와의 합일 통해서 세계를 아름답게 가꿀 수 있는 그곳은 시를 통해서 건너갈 수 있는 곳이며, 또한 이미 우리가 함께 있었던 곳이기도 하다. 거기에 도달하기 위해서 시인은 우주여행을 하듯 별자리들 사이를 통과하기도 하고, 수많은 말들의 정글을 거치며, 시장통과 같은 시끄럽고 길이 뒤죽박죽으로 얽혀 있는 곳도 건너야 한다.

시인은 플라톤의 모방론에 대응하여 왜 시를 통해서 그곳으로 건너갈 수 있다고 본다. 그래서 그곳에 이르는 방식으로 '합성의 시학'을 꺼낸다. 그에 의하면 시는 정갈한 양식인데, 그 정갈함을 만나기 위해서는 연금술의 과정을 거쳐야 한다. 그의 시론에 따르면 시는 수많은 말들 속에 깃든 삶을 연금술의 과정을 거쳐 건져 올린 순금이다.

세상 사람들의 심금을 울리고 행복감을 느끼게 하는 악기를 연주하듯 시인은 세상에 잃어버린 순금 같은 행운을 되찾아 줄 수 있다고 본다. 그래서 시인은 시에서 운율을 소중히 여긴다. 그의 『산채비빔밥과 몽키바나나』가 하나로 어우러져 독자의 가슴에 스미는 아름다운 리듬이길 바란다.

시와소금 시인선 150

산채비빔밥과 몽키바나나

ⓒ최수진, 2022, printed in Seoul, Korea

초판 1쇄 인쇄 2022년 09월 30일
초판 1쇄 발행 2022년 10월 05일

지은이 최수진
펴낸이 임세한
디자인 유재미 정지은

펴낸곳 시와소금
출판등록 2014년 1월 28일 제424호
발행처 강원 춘천시 충혼길20번길 4, 1층 (우-24436)
편집실 서울시 중구 퇴계로50길 43-7 (우-04618)
팩스겸용 (033)251-1195 / 휴대폰 010-5211-1195
이메일 sisogum@hanmail.net
ISBN 979-11-6325-054-8 03810

값 10,000원